言鹿集

（下）

许丽莉 著

图书在版编目（CIP）数据

言鹿集：上、下册/许丽莉著. -- 北京：中国书籍出版社, 2021.9
 ISBN 978-7-5068-8626-0

Ⅰ.①言… Ⅱ.①许… Ⅲ.①诗集－中国－当代 Ⅳ.①I227

中国版本图书馆 CIP 数据核字（2021）第 178142 号

言鹿集（上、下册）

许丽莉　著

责任编辑	朱 琳
责任印制	孙马飞　马 芝
封面设计	山水悟道
出版发行	中国书籍出版社
地　　址	北京市丰台区三路居路 97 号（邮编：100073）
电　　话	（010）52257143（总编室）　（010）52257140（发行部）
电子邮箱	eo@chinabp.com.cn
经　　销	全国新华书店
印　　厂	明玺印务（廊坊）有限公司
开　　本	880 毫米 ×1230 毫米 1/32
字　　数	204 千字
印　　张	12.625
版　　次	2021 年 9 月第 1 版　2021 年 9 月第 1 次印刷
书　　号	ISBN 978-7-5068-8626-0
定　　价	69.00 元（上、下册）

版权所有　翻印必究

目录

卷一
四季行吟

立　春 ······················· 003
雨　水 ······················· 004
惊　蛰 ······················· 005
春　分 ······················· 006
清　明 ······················· 007
谷　雨 ······················· 008
立　夏 ······················· 010
小　满 ······················· 011
芒　种 ······················· 012
夏　至 ······················· 013
小　暑 ······················· 014
大　暑 ······················· 015
立　秋 ······················· 016
处　暑 ······················· 017
白　露 ······················· 019

秋　分	020
寒　露	021
霜　降	022
立　冬	023
小　雪	024
大　雪	025
冬　至	026
小　寒	027
大　寒	028
生日礼物	029
冰　雹	030
纸　锈	032
醉　月	034
月　满	035
漫天雪	036
梅雨季	037
日常生活	038
写于庚子年中秋	040
跋	041

卷二
医文相依

看透一个身体（一组）	045

打　开……………………………………………… 052

实验鼠日记……………………………………… 054

蝉蜕和蝉………………………………………… 055

你说的话………………………………………… 057

黄金 120 ………………………………………… 059

我的改变………………………………………… 065

感于数张毕业相片……………………………… 069

我们在乎你……………………………………… 070

我们，在这里…………………………………… 073

我们，在路上…………………………………… 078

PCR ……………………………………………… 081

包埋盒…………………………………………… 086

那一刻…………………………………………… 090

护目镜里的眼眸………………………………… 092

你和我…………………………………………… 093

请　战…………………………………………… 094

致天使…………………………………………… 099

换种方式读方剂（一组）……………………… 100

卷三
亦师亦友

回　家…………………………………………… 115

绿或白的记忆…………………………………… 116

探春	118
消耗	119
富饶的麦田	120
桃花	122
知道	123
新昌龙井	124
燃香之后	125
郁金	127
粘连的键盘	128
红烛泪	129
箭竹	131
盖碗茶	132
毕业季	133
夏日行宫	134
目光	135
寒窗	136
旧伤	137
蝉鸣	138
闲聊	139
新生	140
收割	141
木椅	142
别针	144
星光	145

螳螂日记………………………………… 146
一个清晨………………………………… 147
茶　语…………………………………… 148
凉　了…………………………………… 149
石　头…………………………………… 150
八音盒…………………………………… 151
蜜　蜡…………………………………… 152
日光宝盒………………………………… 153
垂丝海棠………………………………… 154
香樟叶…………………………………… 155
啄木鸟和香樟树………………………… 156
紫砂壶…………………………………… 158
读　史…………………………………… 159
月见草…………………………………… 160
薰衣草…………………………………… 161
母亲的绣品……………………………… 162
夏日的树叶……………………………… 163
秋色愈发深重…………………………… 164
和 AI 有关 ……………………………… 165
金山嘴渔村……………………………… 166
蝴蝶兰…………………………………… 167
沈从文的凤凰…………………………… 168
柯岩所见的和其他……………………… 169
月浦地的玄黄龙血……………………… 172

新陋室 …………………………………… 175

珊瑚石 …………………………………… 177

星月菩提 ………………………………… 179

熬　粥 …………………………………… 181

昙　花 …………………………………… 182

杏花村（外二首）……………………… 184

月饮汾酒 ………………………………… 186

竹叶青 …………………………………… 188

雨里花开 ………………………………… 190

雨　点 …………………………………… 191

鲁　鲁 …………………………………… 192

鲁鲁（二）……………………………… 196

鲁鲁（三）……………………………… 201

笨笨和淘淘 ……………………………… 205

蓝天的蓝 ………………………………… 209

播　种 …………………………………… 211

柳　絮 …………………………………… 212

滨　江 …………………………………… 213

太阳日记 ………………………………… 214

跋 ………………………………………… 215

卷一 四季行吟

立 春

这便是春的铃声
正在此刻,叩响心扉
轻轻地这一叩
携起一缕风

风过处,一些
从冬日的霾里
落下的
烟灰色的尘
便散去了

空气和阳光
因此愈发澄明和温暖
就像你
望向我时的目光,和
唇边绽开的笑颜

雨　水

雨水一滴一滴落下来的时候
我看见，柳条儿又冒芽了

严冬里
被北风驱赶许久
仍没散开的霾，此刻
已寻不到踪影

我相信，一些新的生命
正开始萌动
然后会取代上一季
老旧的事和物

比如
用雨水取代冰雪，比如
用温和取代冷酷

瞧
河又开始渡人了

惊　蛰

落不歇的雨，终于
将藏匿许久的雷电
唤了出来

巨响过后
天空被炸开了口子
逐渐丰腴的太阳
要把更多的光和热
灌进来

你说，乍暖还寒
却是姹紫嫣红的调色板
那就期待吧——

滚滚春雷
炸醒蛰眠的万物
炸开一个播种的季节

春 分

若非是你怕了
怕尽收囊中的缤纷
惹来嫉妒
才将这一层美过一层的颜色
分给了人间

柳条的发梢开始分叉
开始变得沉甸甸
用垂下来的姿势,告诉
被春淋了又淋的河流

从严冬里醒来
醒来
甚是念你

清　明

细雨如酥，万般轻婉
经过处
听燕雀啼鸣于高枝低灌
一声一菩提

盘桓石阶，青苔蔓密
云烟里
看人间草木俊朗
一步一寸思

谷 雨

不知这满目缤纷
终会惹来几许嫉妒？
苍穹、黄土、山川、湖海
已被春风安抚得百般依从
任由着,继续妆点人间

奈何草色更深了,映衬着
重重垂下来的柳条
一起将深绿垂到河里
一起低吟和轻唱

我从花间走来,走到河边
取了一瓢水用来烹茶
可知,一瓢河水便是一首诗
煮沸的茶里又浸润了多少旧事新事

香樟把殷红的叶
一片片撒落

盖住绿草，盖住青桐

染红我匆匆走过的这一片地
染红夕阳，染红霞光
染红下一个季节

立 夏

愈发温暖的日光
炖煮着天地之气
整箱的七彩颜料被打翻其间
姹紫嫣红、翠绿鹅黄
已然缤纷满园

站在春天的尾端
看草木鱼虫
正迈向明亮和火热
再看心中所藏
也正迈向浩然

小　满

跟随画着圈的时钟
逐渐丰满起来的
有太阳的笑脸，田野里谷物的身体
和我们身体里聚散有度的正气

当然，还有无处不在的生物们
大的，小的，微小的

它们开始赞美
曾被贬义而避之不及的
从料峭里来的风

赞美
欣欣向荣

芒　种

他们说，这个时候
收麦或种稻
也与周身打开的芒有关
就像，螳螂或鹏鸟
感阴而行异于前
源自太阳的模样和它散发的光芒

南方的雨季逐渐漫长
一帘帘，一幕幕
打湿青梅用来煮酒
打湿文字化成诗

夏　至

这一日
太阳花了整年里最长的时间
将自己高高挂起
并再次确定所有的郁郁葱葱、五彩缤纷
都与它有关

而由此升腾的暑气
聚积成湿热、疲惫、烦躁
渐渐爬满全身

诸多苦味瓜果
应时而生
用来解除些些不利
用来体味——
苦尽甘来

小　暑

从屋外到屋里
从粉墙到案头再到笔尖
沉溺在雨季里泛潮的一切
忽被高悬起来的烈日蒸干

蝉虫用急促和不歇的嘶鸣
来回应它的热情
心火被烧炙着

然而他却很平静
他正立在树荫下垂钓
正如他面对的小河
和小河里的流水

大　暑

爬到最高的温度
把大地的经脉煮沸
滚烫的汗水在黝黑的皮肤上泛滥
就如随之而来的热带风暴
用疾风骤雨，呼唤秋天

走到暑的最深处
才发现，捧出过多热情的太阳
让人避之不及

立　秋

长长短短的诗行
从直立的笔尖走出来
走过严冬走过酷夏
走过一个又一个
被日月风雨标注的寻常而不同的日子

关于农事，关于饮食
好些从老底子里流传而来的民俗
到这个时候总会被高声提及

而我更想小心翼翼地与你讨论些
关于养身和修心的事情
这也便是一个季节
正在走向丰硕和金黄

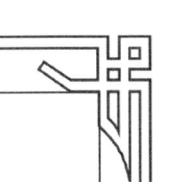

处　暑

处于暑天的尾端，我想
把炎炎夏日里酿成的圆
裹入下一个季节

秋，收获金黄的秋
何要冠以"悲"之名？
是文人墨客，寻处话闲愁
还是仕途落士，望着皓月叹清冷

身负着，把整个世界
从火热拉向冷酷的使命
秋的心里，悲悯和不忍
渐生渐长

斟满一盅老酒来供养月亮吧
和杯中清影
同商同酌
这，确是个暖心的举动

酒尽后
再饮下满杯月光
夜里或崎岖或蜿蜒的道
便亮了

就在下个季节,我想
只唱山高路迢迢
不话悲秋

白　露

不知如今的天空
有没有那时的蓝
只看到
云是绵白的
露水在阳光下隐藏
而我
就立于临水一方

不知所谓伊人
究竟为何模样
是否也会感叹
山麓迢迢，逝水悠悠
在芦苇开满花的季节
拨动起
不再有棱角的琴弦
然后
借微凉的太阳取暖

蒹葭苍苍，白露为霜
这一回
又翻开了两千年前
谁的心思

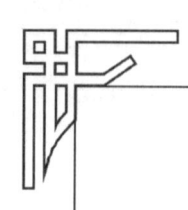

秋　分

五彩颜料又一回被打翻在人间
黑夜白天又一回以平局和解
如同半年前一样
一切有关温度、风向、穿衣的词汇
是如此让人适宜
恰到好处

四季本就是一个圆
就如今晚的月儿
无关功名与尘土
无关深情和苍凉

由此
心生欢喜

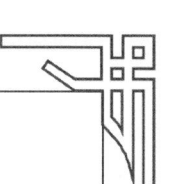

寒 露

雨断云开处
烟水清清冽冽
秋光敛了满山菊香
飘忽而下
落入溪涧

梧桐叶，徘徊又徘徊
不禁风的一再催促
在暮色尚未阑珊时
悄悄，化为一地星霜

古老的驿站，未能挽留
不晓冷暖也不晓疲倦的信笺
鸿雁声声里
硬把红透的斜阳
拧了又拧
直至拧出一滴
寒凉的露水

霜　降

风吹草木深
叠嶂尽染
哗哗作响的枝头
彩叶翩翩落下
一地缤纷，一地微皱

迎晨曦，背竹篓
拾级而上的人儿
可知此前露水深重，润滢千娇
而此刻
是否已化作白霜
罩护前行路

立 冬

听说向北的地方,已是
漫天飘雪
而南边的我们
依旧身袭单衣

窗外
小雨正沥沥
悉心润湿
尚未褪去的绿意

雪里,雨里
冬,就立在那里
敲疼
秋的髌骨

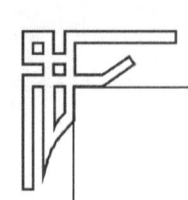

小　雪

忽然发现
寒潮来临也很好
可以将雨
冷成雪

江南即便如此多雨
仍有蒙尘，冲刷不尽

那就期待些许洁白
从天上
洒落人间

大　雪

在异乡眼里探看这个世界
大片大片纯白，纷纷扬扬飘落
像要漂白多年来
一个南方孩子对于冬日的印象

告诉她什么是严寒
什么是严寒中的孤傲
并把这一朵朵怒放的白皙
狠狠地落进她心里

冬　至

将梧桐叶，一片一片剥离的
是冷在风里的季节
落叶用层层叠叠，敬献给大地
来抵御寒

今日的太阳最是吝啬了
可我仍然拾起一片叶，搜寻
藏于脉络里的故事

雾霾、感冒
某些烟灰色的词汇
被深深摁入其中
避，似无可避

但同样清晰的，就在这
无声无息的生命脉络里，正深深
浸透着不屈
浸透着对春天的思念

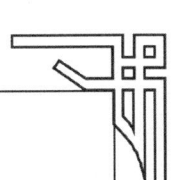

小 寒

这个城市
因为冬天没有雪
从来不洁白

风,染上了钢筋水泥的性情
和布满每个角落却不见身影的 wifi 一样
以一种笃定而淡漠的神态
将丝丝的寒
慢慢吹入发肤、肌肉
一直到骨缝

然而这些
对于循环往复的血液
似乎从来事不关己
就如从升起到落下的太阳
——鲜红

大　寒

在暴风尚未磨砺成冰之前
将体内的植被
盖上厚厚一层霜吧

那些翠绿、殷虹
那些深黑、苍白
因寒冷而僵硬的热情
需要定格最鲜亮的模样

待云开日出
待万物芳华

生日礼物

一颗又一颗雨珠
是一枚又一枚音符
落在城市的五线谱里
便串起了一曲交响

那是天空送我的
生日礼物

细而长的小路
拉直朝前的目光
看茂密的树叶扛起风雨
而后,洗脱一些浮尘
绿变得更绿

2017.06.21

冰　雹

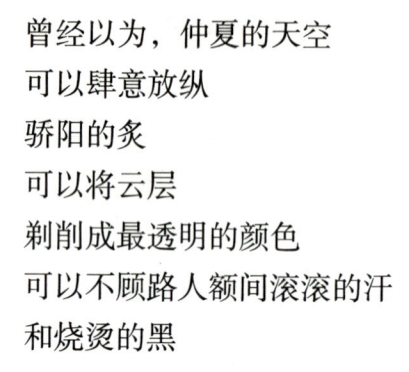

曾经以为，仲夏的天空
可以肆意放纵
骄阳的炙
可以将云层
剃削成最透明的颜色
可以不顾路人额间滚滚的汗
和烧烫的黑

热烈而浓郁
是赋予这个季节
唯一的令
直到一串声响，炸开在
午后倦怠的玻窗上

体内沉睡许久的饥渴被触动
就像案头上碧螺春的芽
在一壶清水的抚慰下
将饱含却已然故去的春色
孕育成金黄的汤
源源而来

合上药籍
合上干涸已久的皮肤
不必再因寻一味驱赶暑气的药
伤神
那串炸裂静谧
炸开大地和耳蜗的声音
是一柄寒冰铸的剑
插入伏的脉门

然而,片刻的凉意
亦是不合时宜的
随即而来的疼痛
从水泥地、汽车
爬向被打落的枝叶
还有屋内的我的身体

药籍还是打开吧
再寻一味和解冰寒的

于万里艳阳遇见
是曾经的渴望
是爱的天谴

2017.07.13

纸　锈

怕蝉翼般纤薄的宣纸，承载不动
过多的点滴
我只能轻轻地留下我的名字
把它炼成钥匙
在未来的某一天
用来开启堆满细节的
心的某个角落

当天上的太阳，地上的草木
奔流不息的川河
都开始与你有关
当我唇边的笑，眉间的皱
都不再听命于气贯长虹的大脑
当将我吸引而来的所有文字
列成方阵，开始盛开
盛开成美丽的罂粟

我应当将诸此种种

排成故事，封存起来了
再在外挂一把坚固的锁

能料到的是，很多年以后
钥匙会长满铁锈
会无法打开同样锈到变形的挂锁
细节和匿于细节里的情绪
终究会被时光遗落

只能看到我的谦恭里
是温暖的阳光
是倾其一生对你的祝福

2017.07.15

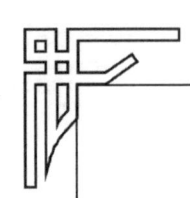

醉　月

浸在酒杯里的，是
将月光调成暖色的灯光
还有从青春走来
渐成醇厚的有如你目光的
玉露

把过去端起来
碰杯，一声清脆后
吞下的滋味
是你的，也是我的

不停转圈的秒针
正指向拢着圆桌的每一张笑脸
指向即将圆满的秋月

2017.09.28

月　满

当车轮转过又一个圆时
行程终于满了
我的思念也满了
恰好装入今晚的月儿

关闭引擎
把漂泊停靠下来
虔诚地，坐进月色
坐进长久以来装满心头的家

2017.10.04（中秋）

漫天雪

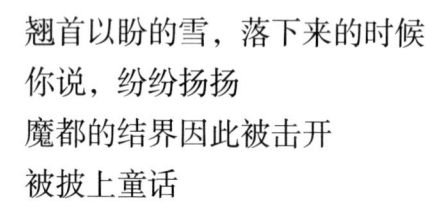

翘首以盼的雪，落下来的时候
你说，纷纷扬扬
魔都的结界因此被击开
被披上童话

故事里的人、动物被堆成各种图片
定格在微信和电话里，连同
你带着牵挂的脚印
和细细的叮咛

这场雪，落得有声有息
千里外的我的思念也正漫天飘零
就让这些
在东来顺铜锅里沸腾吧
在锅里撞成呼喊
一声声，喊落雪花
喊我回家

2018.01.25

梅雨季

滚滚而来的雷电,将天空
劈开了一道口子
酝酿许久的雨终于落下来
天地间闷炖的万物
从沉默和汗水中接受洗礼
措手不及,但又甘之如饴

这多雨而闷热的季节
多像正走向暮年的青春
一滴水,一潭感慨
一度热,一箱沉默

2018.06.19

日常生活

飞速奔跑的科技
已学会将手机折叠
如同折报纸般
折叠整齐,放进口袋

而我们
也学会了将岁月折叠
用不朽的青春
在森林里期待小树苗成长
在庄园里期待小母鸡下蛋
在微信里
和朋友见面、握手、收获赞扬
在导航地图里
看红绿相交的回家路

吃饭、购物、乘地铁……
支付宝
让小偷失业

至于大大小小的天下事
古今中外的圣贤书
我们不再顾此失彼

我们用浓缩的抖音告诉所有人
这个时代的才气和情怀
……

展开手机做着这些的时候
便展开了全世界
而我写下的这首诗
确可以用来"讴歌前所未有的伟大时代"

2019.03.01

写于庚子年中秋

车轮
载着元宵时许下的愿望
转过一个又一个圈

抵达今晚的时候
采摘的沿路风景和阳光雨雪
是如此沉甸甸

堆放在一起
皓白、明净、圆满
就像楼顶的月亮

2020.10.01

跋

又翻到了最后一页
可以总结
水年，果然名不虚传
天空、人间、眼睛

幸而在阳光灿烂的时候
茂密的树干
低缓的河流
收集了好些太阳的香味
可以用来涂抹、晒干

然而
书页晒干之后
多出的褶皱和苍白
爬上了眼角和前额
……

合上这一页
合上烙刻下的所有
放进书架，再
翻开一本新的

2020.12.31

卷二 医文相依

看透一个身体（一组）

临床检验

一些好歹需被用来证明
于是，生命被排列成了数字

各种细胞，列队布阵
并不为了纸上谈兵
或上或下的箭头
忐忑着
白大褂外的眼眸
和白大褂里的心跳

白色的报告纸，黑色的字
是五彩凋残的冬

这便期待一双妙手
拽回生机盎然
拽回春

超声

一轮弯月
行走在生命的腹地

深处的河流、山川
茂盛的植被
以及若隐若现的星芒
被一一勘探,以
深黑或者淡灰
成线、成面
成为一幅与众不同的
画

一圈,两圈
弯月,走成了圆

心电图

紧贴几片电极
大笔一挥
血脉律动的模样
被画成了绵延起伏的江山

坐拥这座江山
是日夜兼程的心脏——
为社稷安稳奔波不歇的王

然而,万丈豪情下的疲惫和脆弱
有谁知道?
忠诚的电极,侦查着
暗藏在起伏曲线里的杀机
守护王,治理江山

高峰或低谷
迂回而辗转
江山如是,人生如是

CT

借助射线
来看透一个身体
以及深藏在身体里的
喜怒哀乐

拨开一层又一层
在扫描生命的厚度时

聚焦
细微和渺小

从立体到聚点
从聚点到立体
一切,无处遁形

看透了,明白了
生命,就到了新的境地

磁共振

一粒正做着自旋运动的核
撞见了世界
磁场便从一变成了二
一起振动

关于一些秘密
埋于软组织和肌肉里的
被轻松窥见,继而揭开

无谓欢喜和忧伤
诚纳于心
所向披靡

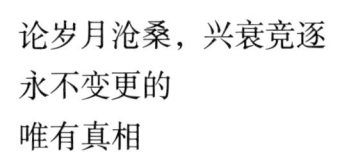

论岁月沧桑,兴衰竞逐
永不变更的
唯有真相

内窥镜

头顶一束光
驶入一条狭长的隧道

沿途平坦或曲折
沟坎或隆起
都是生命的风景

不要担心某些暗中的滋生
和这束光共同驶入的
还有一腔
精准到毫厘的热忱
用来填补和修缮

应该歌颂光,更
应该歌颂光的源头——
那双闪闪发亮的
眼睛

2017.12.25

窦房结

心脏有个地方叫窦房结
你就住在那里
医生说，那里是心脏跳动的起搏点
原来它的每次跳动都与你有关

所以你一定要好
这样，它才能维系我正常的心跳

窦房结发出的搏动指令
拉起的一系列运动
是窦性心律

如果它出状况了
就只能由心室暂代起搏
医生说，这样就叫室性心律
而室性心律会是致命的

所以，为了我
你一定要好

2017.03.24

胸腔积液

一场大雨过去之后
遍布于胸腔里的坑洼不平
如同屋外年久的柏油路上的沟坎一样
被填满了水

光鲜剔透
饱满如初见时
最崭新的模样

而美丽大多是种虚幻
源自一些光被物理劫持之后
对于眼睛的欺瞒
看不到深浅
便只会勇往直前

就如此刻
那匆匆而大意的路人经过
水,溅了一身

2017.06.27

打　开

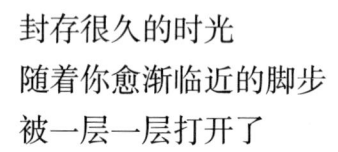

封存很久的时光
随着你愈渐临近的脚步
被一层一层打开了

关于老旧又翻新
几经迁徙的实验室
关于穿梭在病案
又滴漏在论文里的汗水
关于从右到左
学位帽上的流苏
关于绿色的枝条
青涩的风

暮秋的阳光依然很暖
像极了，此刻
绽放在你额间和眼角的
笑

2017.11.17

实验鼠日记

松软而金黄的草垫上
同等剂量的毒药
等待我们饮下

某些熟悉却从未降临的气息
又开始漫延
它们总是若即若离

或许下一刻会死去
或许会因为耐受好而继续活着
活着,惶惶
等待下一次死去

据说,门外草坪上
立着一块碑
碑上纪念着的正是未来的我们
碑下的草垫
松软而碧绿

我们应当自豪
为人类的伟大事业献身
结束，又开始

2018.06.26

蝉蜕和蝉

(一)

老旧的外衣
挂在杉树最靠近根的地方
以向上攀缘的姿势
告诉夏天
蛰伏许久的梦想
在破土时便插上了翅膀

空空的外衣
留存着青春岁月里最清晰的模样
从触角到足节，从复眼到腹背
或许会被风雨打落
重新融于尘土
或许会被人采撷
用来解风热里的毒

(二)

冲着烈日
它一步步向上攀爬
直到登上最高的树梢

冲着烈日
它将翅膀
一声声喊成梦想

2018.07.12

你说的话

——关于"临终关怀"

你说
最近常想起一些事儿
就如放电影般清晰
这破旧不堪的身体
似乎并不影响再次咀嚼一些
很老很老的开心,和
很老很老的哀伤

你说
从疼痛到无助到恐惧
而今只剩下平静了
平静地接受,平静地等待
接受和等待一个属于你的站点
或许又是一个新的起点

你说
想多看看至亲的笑容
看看美丽盛开的花儿
以及随之而来的淡香，和
高低轻缓的旋律

你说
喜欢我一袭白衣
喜欢我轻轻来又轻轻走
喜欢我温柔的声音、甜美的脸庞
和轻轻打针的样子

你说
长长的一生太短暂了
每一次别离都是为了团聚
每一份遗憾都是为了圆满
所以

你说
你要饱含期待和憧憬
就在下一个开始之前

2018.12.27

黄金120

（一）

一阵剧痛，豁然从胸口迸开
像一朵疯狂生长的陀罗花
迅速伸向并抓住了
左肩、后背、胃体、喉头
继而又化作飓风
向上向下，向我体内的四面八方席卷

由此带来一场
由疼痛、恐惧、绝望纠缠起的暴风雨
猛烈而欲摧毁整个世界
我想逃，但无处可逃

瀑布般的汗水从额上倾流而下
淹过绿草红花
淹过头顶
淹过挂于苍穹的太阳

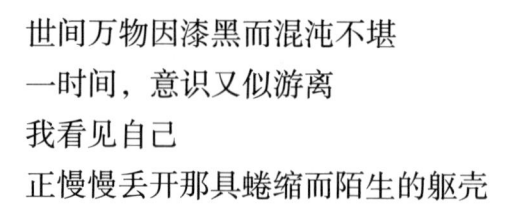

世间万物因漆黑而混沌不堪
一时间，意识又似游离
我看见自己
正慢慢丢开那具蜷缩而陌生的躯壳

（二）

不，我的爱妻我的儿
正在不远处呼唤
我不能丢下，不能！

是什么让我的思绪
如此多虑敏感
是什么让我的眼睛和手指
如此麻木失控

不，我要活着！
用尽所有力量艰难摸索
我终于按下了
那终日不离手的手机上的三个字母
那一刻
我觉得自己像极了钢铁侠

有个声音说：我一定要活着！

（三）

我做了一个梦
又被一段好听的旋律惊醒

原本以为从不会为我而歌的刺耳音律
这回能确定
正在为我引航
它是如此亲切悦耳
由远及近
我知道，天使一直在人间

一双温暖的手
探过我的鼻息和脉搏时
我的世界吹过一丝暖
我的爱妻我的儿
我美丽的梦中有你们最清晰的模样

我闻见和煦的春风，也许
是清新的海风
把我拉回了躯壳
我知道
我正躺在悦耳呼啸的速度里

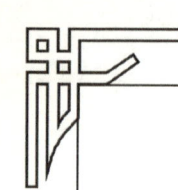

它肯定比撒旦跑得快

（四）

我要活着！
我坚信我会活着！

看到白色的墙、白色的天花板
还有爱妻白色的脸
她在一群白色衣服的点头示意中
擦了擦、又擦了擦脸颊
用她白色的手指在白色的纸上飞舞
我笑了

我艰难地冲她伸了伸
好久好久以前为她戴上戒指的
食指和中指

一道门
重重地将我们隔开

等我回来！

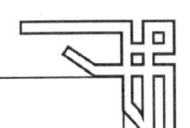

（五）

整个过程我是如此清晰
戴白口罩白帽子的一群天使
和我说打麻药了，有一点点疼
和我说桡动脉穿刺
和我说镜头下看到两根堵塞
和我说别怕马上好
和我说支架放进去了
和我说血流恢复了，就和以前一样
和我说"黄金120"

我看到撒旦并没有跟上我
我知道，我肯定会活着！
回到门的这一边
有我的爱妻我的儿
我活着！

（六）

手腕上多了个小孔
它很快结痂
我很快直立行走着出院了

我仰视着比我矮好多
也比我瘦好多的天使们
他们是如此骁勇果敢
又如此温润善良

我终于明白了"黄金120"的意思
——120电话、120分钟
关于
天使和撒旦
在人间抢夺生命

2019.04.19

注：

　　对于急性心肌梗死，疏通堵塞的冠状动脉、让心脏重获血液供应，是降低死亡率的关键。开通血管的理想时间是发病后120分钟内（当然，越快越好）。每拖延1分钟，就会有大量的心肌细胞死去。

　　患者、家属、医护人员均需牢记急性心梗急救的两个"120"：及时拨打120急救电话，把握黄金救治120分钟。

我的改变

——一个心衰患者的自述

（一）

我的胸廓里必定杂草丛生
甘露和清新的空气
无法自由流淌

每一次挺起和收拢
都是一项工程
繁重却不理想

真怕有一天
这些越长越多的杂草
会让我偷懒甚至忘记呼吸

至于心跳
它就像老旧手表的指针
有时快有时慢
偶尔还会停顿

（二）

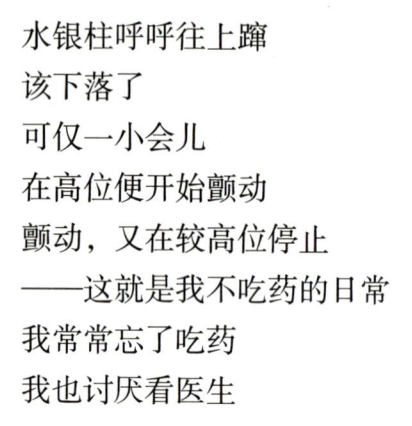

水银柱呼呼往上蹿
该下落了
可仅一小会儿
在高位便开始颤动
颤动，又在较高位停止
——这就是我不吃药的日常
我常常忘了吃药
我也讨厌看医生

下肢有些肿胀
原本干瘦褶皱的皮肤
为此而圆润光滑，甚至细腻发亮
为此我无法久坐和久站

跑步、跳高、踢球
已然淡忘很久了
曾经引以为傲的绿茵场上的骁将
散步、发呆
就让我乏力困倦瞌睡
多像院子里
栽培多年，如今耷拉着的常春藤
直到被老伴拉去医院

（三）

我在水里不停地游，但是游不动
胸口绑了块大石头
最近梦里频繁出现的场景

心电图、心超、X 光
还有一些说不上名儿的
看着医生们忙进忙出的身影
他们走路急，和我说话却不急
他们说
我胸廓里的杂草是肺血管压力升高引起渗出
他们说
我肿胀的下肢是静脉血液淤积
他们说
我爱瞌睡是动脉血供不足
……
（我认真做了笔记）
这些都和我血压高
不好好吃药不好好看医生有关

他们的笑脸
明媚了我的世界

（四）

现在我胸廓里的杂草被锄去了些
水银柱也不那么冲动了

出院以后
我似乎重新明白该如何生活
按时清淡三餐、按时吃药
按时起床睡觉、定期称体重
和老友唠嗑、不喝太多水
打太极、修剪花草
写书法、阅读有趣的书

还有漂亮的小护士告诉我的
——尊重每一个
有温度的生命

2019.05.06

注：

　　心力衰竭简称心衰，是指由于心脏的收缩功能和（或）舒张功能发生障碍，不能将静脉回心血量充分排出心脏，导致静脉系统血液淤积，动脉系统血液灌注不足，从而引起心脏循环障碍症候群，此种障碍症候群集中表现为肺瘀血、静脉瘀血。心力衰竭并不是一个独立的疾病，而是心脏疾病发展的终末阶段。

感于数张毕业相片

太阳又悄悄躲进了云层
她知道
同你们脸上洋溢的笑容比
她定会输了灿烂

学位帽、燕子服
有关青春和梦想
有关校园和论文
有关三年或五年经过的人和事
又在这一刻定格

走在这条历经千年的岐黄之路上
古老不是唯一的标签
它因广博而诚恳包容
它因你们而生机盎然

而稳坐在这片土地上的楼
和俯下身躯的木桥
不仅可用作背景
更可供沿路前行的你们
依靠、攀登和跨越

2019.06.12

我们在乎你

三十六个春秋寒暑
"人道、博爱、奉献"
我们用炽热的信念和默默的坚守
一笔笔绘成红色图腾
我们逐渐成长、壮大

光启安、耆老园
阳光打开安逸,颐养天年的乐园
白发苍苍的你说
想看看我们青春的笑容
想和我们唠唠家长里短
我们很认真地听完你的唠叨
我们很认真地讲着养生科普,做着按摩推拿
我们很认真地告诉你
——你依然那么被需要

阳光之家
阳光从不吝啬照到每个角落

智力残障的你说

想学习自力更生，想生活更有意义

想我们来得勤一些、再勤一些

想给我们写信诉诉衷肠

我们很耐心地教着小手工

我们很耐心地陪着跳高跳远

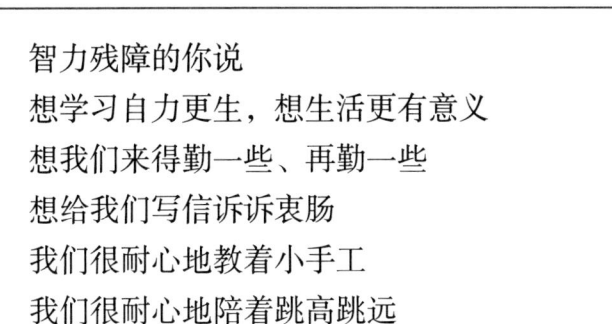

我们很耐心地读着、回复着你寄来的信件

蓝色港湾

蔚蓝海岸边，筑起了一个为星宝遮风挡雨的港湾

沉默孤独的你

想从只有自己的世界里迈出来

想和人微笑，想和人打招呼

我们一起攀岩、做游戏

我们一起手作、义卖

我们看到了你晶莹剔透的心

我们看到了拥有不同色彩的你的世界

一次又一次的走近

温度在缩短的距离中愈来愈暖

我们用笑容把你们拉回世界中央

你们用扬起的嘴角回报我们炙热的目光

一次又一次的走近

我们愈发包容、愈发温和、愈发耐心

你们愈发自信、愈发快乐、愈发活泼
一次又一次的走近
我们互相温暖，互相感动
互相感受爱的传递

"人道、博爱、奉献"
三十六年来的使命和坚守
我们把爱走成了一条道路，它一直向前延伸
以后的岁月里，我们继续前行

炽红的图腾上有我们执着的信仰
"我们在乎你"！

2019.05.24

我们，在这里

援疆、援藏、援滇、援非
我们是一批又一批志士
为了全人类的健康事业
无国界、无边疆、无种族
用我们燃烧的热血和滚烫的信仰
扎根、驻守

（一）

我终于站到了世界屋脊之上
强烈的紫外线、稀缺的氧气、干冷干冷的风
是青海送我的见面礼
当然更有藏民们淳朴的笑脸

青海省中医院，比我初次见到她时好了一些
一年半了，回程的行囊里沉甸甸的
里面装着医疗业务增长报告、医院管理心得体会
还有赠与我以及所有曙光人的感谢和祝福

(二)

"医院派我去喀什工作一年半"
话音刚落,新婚爱妻的脸上忽然转阴
片刻后,又逐渐晴朗了
她把"懂我"都写在了脸上

"舍小家,为大家"
这么评价我的科室同志们,一年半来
随时应急、远程会诊
我们把大医德术,泽被到了边疆

(三)

五年了,对口援建
云南省曲靖市陆良县人民医院
我们,7批26位医护同仁
多学科推进、多技术填缺

还有海派岐黄术
白玉膏、金黄膏
曙光院内制剂的身影
从此出现在了云南人民的健康卫队里

（四）

红河、普洱、西盟、孟连、澜沧
当足迹迈过云南这些县市时
我强烈地感受到
医无界，爱无疆，青春不落幕

我告诉当地人
不仅要治病医病
更要学会良好的生活方式
树立正确的健康理念

（五）

这是"一带一路"上的重要站点
两年多来，我们让捷克认识了东方医学
细细的银针、通红的火罐
坐着或站着的气功、画圈圈的太极拳

伤痛就这样被她祛除了
古老而神奇的东方文化
在这里播种
又看着她逐渐茁壮

（六）

第一次踏上非洲大陆
想着半个多世纪前白求恩大夫说过
"生命无种族，医者无国界"
黑皮肤的患者成为我主要的接诊对象

医疗援助摩洛哥
曙光已受命二十余载
但新的时期又有新的使命
朋友们，等我胜利归来

（七）

看着上一批同仁离开喀什二院时的依依惜别
我们从陌生人变成了亲人
医疗援建，让相隔万里的两个城市
靠近，再靠近

这里的夜晚十点，如白昼般明亮
可以让我清晰地望向上海
我的工作还有半年
我会把嘱托和信念做成名片

在医疗帮扶援助之路上

我们前赴后继
我们奋斗不息
我们是一批又一批志士

为了全人类的健康事业
我们把燃烧的热血和滚烫的信仰
洒向每个角落
我们携手、奋进

2019.07.05

我们,在路上

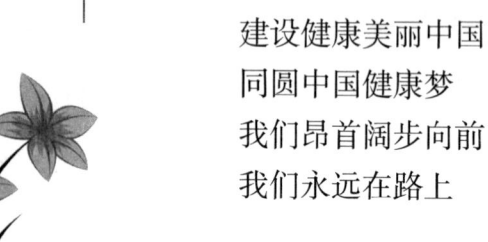

建设健康美丽中国
同圆中国健康梦
我们昂首阔步向前
我们永远在路上

我们永志不忘
在这片爱得深沉的土地
这片天使与恶魔争锋时
狂沙漫漫的战场

面对病魔狰狞的笑脸
我们从胸口取出滚烫的初心
我们浴血奋战
面对死神递来的一张又一张邀请函
我们牢记战斗是不屈的使命
我们前赴后继
我们传递,接力,共战
我们一次又一次
把恐惧咽成勇气

医生、护士、药师、技师
手术刀、纱布、胶囊、试管架……
在这片土地上
经过泪与汗的洗礼
经过艰难的长途跋涉
镌刻下一页又一页岐黄长卷
迎来了一缕又一缕温暖阳光

是医护药技，也是人民教师
是医护药技，也是莘莘学子
我们的足迹在医院、在课堂
也在基层社区
我们将学医初心和行医使命
带给孤老、带给残障
带给需要帮助的人们

"一带一路"
担起医疗交流与援建的责任
"人类健康命运共同体"
这是大医者的风范——
共同健康之歌
我们尽情努力唱响

看，一代又一代岐黄青年茁壮成长
看，一项又一项学术成就攀向高峰
看，一个又一个顽疾固症远去消失
无论风雨沧桑
不管岁月斑驳
我们会将誓言进行到底

我们昂首阔步向前
我们永远在路上

2019.11.28

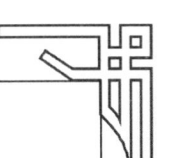

PCR

——一条单链的自白

（序）

我是一条单链
由两个志同道合的碱基组成
我身边还有一条单链
由另两个志同道合的碱基组成
我们因互补而紧紧缠绕

缠绕成螺旋的样子
作为栖身的家
我们在门楣上挂了个牌子
——DNA
用来证明
牢固、稳定、永不变心

（一）变性

对于有特殊贡献或其他种种
而显得不寻常的家来说
人类总是充满好奇
只是我们牢固、稳定、永不变心

一次偶然的发现
人类又可以赞美火焰的无所不能
它们因邪恶无比而显得美好
燃烧吧，再猛烈一些

当聚拢的火光伸向 94℃
紧紧缠绕在一起的我们
便无力再紧握成一个家了
我们逐渐松手
逐渐看着对方身体变直而渐行渐远

这熊熊燃烧的热
终究拆散了一个家

（二）退火

万念俱灰之际

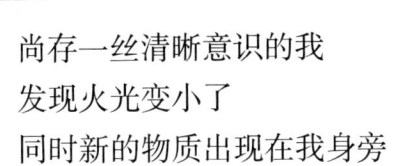

尚存一丝清晰意识的我
发现火光变小了
同时新的物质出现在我身旁

随着温度慢慢落下
我又愈发蜷缩
并无法自主地与新来的物质缠在了一起
愈缠愈紧
直到变为原先螺旋的模样
只是又短又小

温度计指向 42℃
人类说——
新的物质叫"引物"

（三）延伸

万般怀念原先叫作"DNA"的家
怀念原先的那条链
或许委屈且无奈的心思
人类能懂
他们又点燃了那堆火焰
他们说要重新给我个家
比以前大很多很多

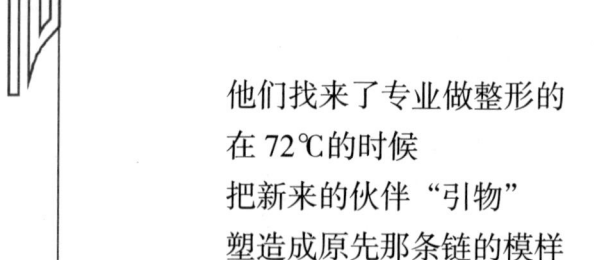

他们找来了专业做整形的
在 72℃的时候
把新来的伙伴"引物"
塑造成原先那条链的模样

然后同我互补
紧紧缠绕
缠绕成螺旋的模样
我们的家,大了一倍

（结）

循环了一次
对我来说有如新生、有如隔世
但在人类的时间刻度里
只有 3 分钟
他们常常花 3 小时
把我家变大几百万倍

一次次的恍若隔世
一次次的命运重启
家,一次次翻倍变大
我,也一次次变大变强

后来我明白了
牢固、稳定、永不变心
在火焰面前
是如此不堪一击

然而
不历经烈火中淬炼
不历经生死般脱胎换骨
何以蜕变成更大更强的我？

人类说——
置之死地而后生

2020.01.14

注：
PCR，聚合酶链反应技术，用于放大扩增特定的体外DNA片段，为分子生物学实验常用技术。

包埋盒

（一）

排列整齐的横和纵
将两个平面隔成了很多格子
光线从中穿过来
像很多束目光
落在亚光黑的桌案上

桌案，比寻常桌案高
凳子，也比寻常凳子高
其实更适合站着
而不是伏案

它们折叠、承载、保留、见证
生命最后的一段停顿

（二）

某些小型哺乳类动物
原本并不高尚
然而，如果用于
使人类文明进步的事业
生命的意义
便被拔高成壮烈

特意地被罹患疾病
是活和死唯一的目的
从眼神里、从动作里流淌出来
痛苦，无时无刻

在将鲜血抽尽、将器官取下
终止肉体痛苦的时刻
也是绚烂高光的时刻
死了又生

（三）

鲜血，一滴滴倾泻
器官，一点点切割
用试剂脱水、用石蜡包埋

死,不能白死

所有的生物信息就此留下
蛋白、脂肪、氨基酸
包括核酸
健康的或者生病的

(四)

小块小块的肉丁
依然是肝脏
依然有着鲜活的功能

整齐安放在
横和纵整齐排列的格子里

它们会被浸入苍白的石蜡
封印一切记忆
肉体和肉体之外的

它们会被切成更薄的
比蝉翼更薄
用来破译
不同物种,但

和人类相关的信息

（五）

格子折叠起来
是小盒子
一个又一个

格子打开
站成笔直
是整整齐齐、方方正正的样子
很像墓地里的墓碑

它本就是坟墓
它也是天堂

2020.12.17

注释：

包埋：病理学技术中制作石蜡切片的一个步骤。组织经脱水、包埋、切片、染色，后显微镜下观察读片，做诊断；

石蜡包埋：固定组织活性成分；

包埋盒：存放组织，浸入石蜡的盒子。

那一刻

脱下口罩的那一刻
你说"空气清新了"
可你没有看到
鼻梁上脸颊旁的红肿和水泡

脱下护目镜和帽子的那一刻
你说"头上清爽了"
可你没有看到
额头上鬓发间的坑洼和不平

脱下手套、鞋套、防护服的那一刻
你说"身上轻松了"
可你没有看到
胸前被汗水印湿的痕迹

八个小时
你用它们护住身躯
战斗在炮火最猛烈的地方

不吃、不喝、不歇

你微笑着
又转身去洗手的那一刻
后背,如大潮退去后的深色沙滩
刺入我的眼睛

那一刻
灯,颤了一下

2020.01.31

护目镜里的眼眸

用瘦弱的身躯
托起厚重的防护服
也托起了正被恶魔蚕食着的人
生的希望

一阵又一阵雾气
升腾在护目镜里
模糊的视线背后
是热忱而坚定的目光

消毒后的余氯
让她更接近勇敢
随之流下的眼泪
是用生命浇灌生命的甘泉

一声"没关系"
一声"应该的"
还有
疲惫不堪的脸上绽开的笑
便是世上
最美的语言和花朵

2020.02.02

你和我

你决定逆向而行的那一天
你说,想我为你写首诗
我掏出一些担忧和祝福排成的句子
小心地托付微信

你白衣执甲的那些天
你说,想我多保重
我掏出更多不舍和骄傲排成的句子
小心地托付给早春的风雨

你红衣凯旋的那一天
你说,想我别着急
我把漫溢开的喜悦和兴奋
连同盎然的芳草一起交给太阳

你出现在我眼前的那一刻
已恢复蓝衣燕尾
你轻轻唤了声我名字
我埋在心里掂了又掂的很多话
掏出来,只说了句
——回来了,真好

2020.04.14

请 战

(一)

或许,天空知道神州有难
知道人间正饱受恶疫蹂躏
雨,才一直密密麻麻
一直下个不停

它流进大地、流进山川
流进人们的心里

本该围坐圆桌、吃汤圆的日子
不能定义为圆满了
火红的灯笼和春联
被雪白的大衣映照着
渗出冷峻而严肃的光

温热的碗筷
和咬了一口的蛋饺

被搁置在
父母担忧的眼神里
你把所有的嘱咐和祝福
装进行囊

"放心吧,等我回来"
故作轻松
把从拉链缝里透出的不安
拉起来

换身衣服
你便扛起了使命
你是战士
——与死神博弈!

(二)

轻轻跨出家门
这一步跨出去
便从上海来到了武汉

飞机降落在没有人烟的机场
消毒水的味道和警戒线的包围
代替了

往日的摩肩接踵

孤独的霓虹灯在不远处闪着
是在垂泪
更是在欢迎

"这场战役,一定能赢!"
你和战友的信心
就同这些装着医疗物资的行囊
一样饱满

(三)

变异的病毒
无法看清它的面目
种种的不确定被抛洒在战场上

一句轻声的安慰
一次温暖的握手
一个不屈的眼神
一次又一次的接力共战
是你和战友
在与死神手里抢人时
签下的赌注

口罩、面罩、护目镜
手套、靴套、防护服
你在它们的掩护下
战斗在火力最集中的地方
四小时、六小时甚至更长时间
不吃、不喝

而在褪下装备之后
满脸的崎岖不平、红肿水泡
还有，满身如洪水侵袭般的汗迹
又是那么触目

剪去长发
也剪去了柔弱和胆怯
这个时代，留下了
你顶天立地的模样

（四）

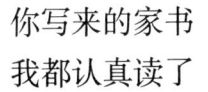

你写来的家书
我都认真读了

一封、两封、三封……

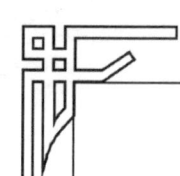

读着读着
我看到，山茶花开了

于是，我便拜托春风送去回信
"我愿早日，和你一起
去到花海，自由呼吸"

一封、两封、三封……
写着写着
你，就回来了

六十多个日日夜夜
你是战士，你和你的战友
请战抗疫
聚力江城

六十多个日日夜夜
你是战士，你和你的战友
白衣执甲
生命曙光

2020.05.20

致天使

你把不安和胆怯
戴进燕尾帽
掏出来时
兑换成了勇气和镇定

你把课本里枯燥的词语
冰冷的血管配图
咽成温暖的语言

又把拘谨、局促和风风火火
化为小心和自信
举手投足间
帮助、安慰和治愈

看,星星又亮了

2020.11.03

换种方式读方剂(一组)

白虎汤

热浪滚滚,汹涌连绵
炖煮着立于天地之间的人
不断补充的水分被蒸发
干渴愈发严重

从口舌到体内脏腑
热到滚烫
该如何解救

东汉古方亦有妙计
石膏、知母
用来清热止渴
配上甘草、粳米
补益正气,既生津液

不日,烦热燥闷
便可——败退

大承气汤

胀满在腹部漫延
继而堆积成了疼
原本一泻千里的河道
瘀堵成滞。燥
自下而上,直冲天庭

如何脱离这憋闷不堪的境地
仲景亦有妙计
遣大黄、厚朴、枳实、芒硝
自上而下,打通瘀阻
还河道以清爽

这一刻
淋漓尽致

当归补血汤

以五比一的比例,调配
黄芪和当归
用一场雨的方式
来修补滚滚红尘中所受的五劳七伤

看丢盔弃甲的免疫战士
黯然失色的血液
垂头丧气却又不甘沉沦的山川湖海

雨水倾盆之后
天地亮了

藿香正气水

熊熊烈日，大地亦沸了经脉
诸多湿气携手暑热，囤于苍茫
伤了几许
行走在其间的人

头，或昏或重
腹，或沉或痛
用呕吐和泄泻来轻缓表里
伤，愈发深入三焦

却道，切莫忧于惶惶
岐黄，昔千年之寿
追随而来
采白芷的白，紫苏的紫
佐厚朴之厚

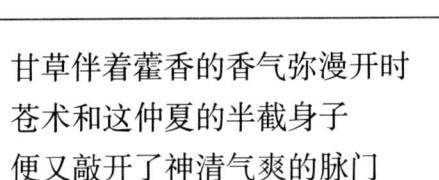

甘草伴着藿香的香气弥漫开时
苍术和这仲夏的半截身子
便又敲开了神清气爽的脉门

正气，于三日之内
爬满周身

六味地黄丸

熟透的地黄、山萸和山药
在山间绽开
撷取一些放入背篓

水边的泽泻，
田间的牡丹和茯苓
正茂盛着

摘放在一起
捣碎、加工、煎煮

你说
长久以来
疲劳、伤痛、烦恼
因这些而起的

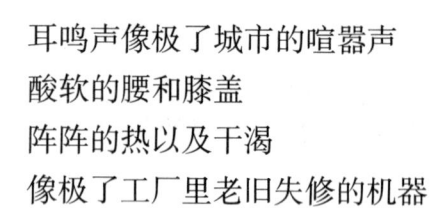

耳鸣声像极了城市的喧嚣声
酸软的腰和膝盖
阵阵的热以及干渴
像极了工厂里老旧失修的机器

于是，我想
把煎煮成汤的灵草
带给你
期盼用它——修补

七厘散

浪迹于江湖
争论杀伐、蛇虫蝼蚁
以及飞沙落石
留给皮肤、肌肉、筋骨一些伤痛

它们红肿、瘀青，疼痛不已
将原本冲破九霄的英雄豪情
生生拽回
脆弱，渐生渐长

幸有化解之方
以血竭、乳香、没药为领

红花、儿茶、冰片、麝香、朱砂
组成队列

豪气冲天的英雄
站起来吧

四君子汤

丰盛的食物
在胃里囤积并驻扎的时候
才想起应早些抵挡诱惑

眼皮、脚步变得沉重
气喘吁吁
一些萎靡的黄爬上脸庞
舌头的红逐渐暗淡
脉搏愈发轻缓

幸有千古名方
人参为君，白术为臣
佐以茯苓，以甘草为使
灌入血脉

四君子

翩翩谦和而力拔虚妄
解症于颓然

四逆汤

紧闭的脉门
忽被一柄寒冰铸的剑
狠狠插入

原本高悬的太阳
被黑暗吞噬
苍穹、土壤、山川、湖泊
不再拥有光明和温暖
它们变得黯淡、呆板甚至停滞
万物一步步走向凋零

危旦之际
滚烫的生附子
携干姜、甘草而来
用炙热和沸腾的模样
闯入膏肓
点起生命之焰

它感受到地心深处

深深埋藏的不屈
燃烧吧！

燃烧吧！
感受热
感受阳光和激情
燃烧吧！
驱除寒冰、驱除阴冷

瞧
湖泊动了
太阳红了

桃红四物汤

行走于天地之间
一些污浊、阴暗、恶邪
会跟随许多褒义，共同而来
侵入腠理、肌肉直至骨髓

周身运行的血气有些颓废
瘀结在脏腑中漫延

高悬的太阳、云朵

开始黯然,继而逐渐沦落

然而,丹溪之药囊亦有灵物解于忧患
仁心妙手携桃花之仁
熟透的熟地、已归故乡的当归
取白芍的白、红花的红调色
在川芎的辅佐下
打散瘀结,扶养血气

太阳云朵、脏腑经脉
在数日内
重归正常轨道

下瘀血汤

对于刚创造完新生命的母体而言
如释重负之余
有些失落
又有些新的烦恼
腹部因为淤堵而胀满
因为胀满而身心滞闷

素有三味灵药
组合在一起,可以

用来荡涤已然腾空的宫殿

大黄、桃仁
蟅虫晒成的干

不日之后,宫殿
焕然成新

逍遥九

心似乎裂开了口子
就像此刻的天空
某些雨水、风霜直直地灌进来
从阴翳的夹缝里
厚厚的黑云里灌进来

湖泊不再清澈
河水不再往前奔涌
山川,亦不再与日月呼应
万物生灵在黯然中失色、混沌

幸而,神州大地孕育着一些精灵
用泥土和春风吹弹
幻化的柴胡、当归、茯苓

纯洁的白芍、白术
同炙热而甘甜的小草
清凉的薄荷、温热的干姜
握成一双大手

几日后，拨开阴翳
太阳的光与热便灌进来了

亲爱的，别为一片黑云哭泣
云是纯白的
天空是湛蓝的

小柴胡汤

阴沉多雨
是这个季节惯有的样子
身体、心情如同天气一般
某些郁结、苦闷在表里之间堆积
从口鼻到胸腔再到肋间
不解花之香
不思食之味

古有一方
自东汉而来

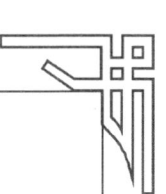

柴胡、黄芩、人参、半夏
再加烧炙后的甘草
疏散邪火、提升正气
与肺腑、肝胆和解
求清心明志于日月乾坤

玉屏风散

流涕、咳嗽、发烧
当感冒如同前赴后继的敌人
一波又一波抵达身体
当无精打采、弱不禁风
占据身心，成为旁人眼里的标签时
玉屏风散便可改变这一切了

黄芪、防风、白术携手
固守边防
提升正气

此时
便如一座正气凛然、铜墙铁壁的城
任一切邪佞来犯
坚固而不可侵

卷三 亦师亦友

回　家

暮霭缱绻的时候
风把炊烟越拉越高，而立于
故乡外的我
也把思念越扯越长

清流，窄窄田埂上的鸭跖草
和忙碌于灶边的你
是否依然当初的模样

温柔地看我爬树
摔跟头
一脸泥，咧嘴笑

而后，一声声由远及近
喊落夕阳
喊我回家

2017.02.25

绿或白的记忆

很久了,我写不出一行诗
直到把自己
扔到一片寥无人迹的树林里

风是从高过头颅很高的地方灌下来的
没有雨,没有霜
没有刺疼眼睛的阳光

影子很淡
静静地和我站在一块儿
听高高杉树上,鸟儿争吵
看溪水,绽开涟漪

时间被封印在石缝里了
同样封印的
还有那时的我们

白云般的记忆

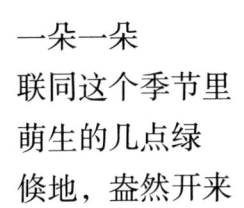

一朵一朵
联同这个季节里
萌生的几点绿
倏地,盎然开来

2017.03.10

探 春

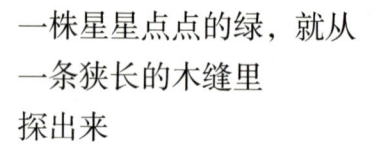

一株星星点点的绿,就从
一条狭长的木缝里
探出来

她是如此娇羞而又大胆
轻轻触碰着
关于这个季节的冷暖

然而,为之浑然倾倒
并决定勇往直前的
是不断发酵成浓郁的
生命力

这便是春的讯息
一株星星点点的绿,也
收悉妥帖的响亮的
集结令

2017.03.14

消　耗

田野里的绿色
被并不健康的空气
一点一点消耗着

即使它不锐利
甚至无味无形
却让田野
在尚未感受到疼痛时
成为荒芜

2017.03.22

富饶的麦田

一场火,霸道地燃烧了五天
原本富饶的土地
只剩下焦黄和残破不堪
一切生长着的翠绿或者鹅黄
淡粉或者朱红
被吞噬然后切割,变成或深或浅的灰色
变成一段一段

因为爱得固执,赶了十里地
特来再睹芳华的春风
抵达时,丝毫没有认出来
满目光秃秃的枯槁
是那时的麦田

一束没有阳光颜色的光
散在空气里,它依然向远处飘去
却不再有跃动的芒

一些长进土里的热情
一些根系里的坚韧
一些原以为无可救药的执着
……
遁形于灰烬里

原本富饶的
而今的焦土地
安静地躺着喘息——

它感受到
来自地表之下很深处的地心
有暗暗涌动的热

2017.03.19

桃 花

我又去看桃花了
十里桃花
花尚未灿烂

裸露的树干和树枝
敞在风里
风过，纹丝不动
而那样的坚挺和镇定
却动了我的心扉

春日的阳光
温存而缠绵
抚过肩膀的时候
想起了一树开满花的日子
一蕊，一瓣，一朵，一簇
轻轻摇动着，风里
纹丝不动的种种

2017.04.04

知　道

留在纸页上的一字一句
渗透罅隙
刻在心坎上的一点一滴
穿透项背

从心坎到纸页的分量
握笔的手，知道
风，知道

2017.04.06

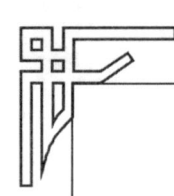

新昌龙井

数不清品了多少回了
徘徊在唇齿间或浓或淡的滋味
从豆蔻到而立
从青涩到清醇
沸水、温水、凉水
更哪怕是冻水

羸弱的身躯
连同影子在水中舞蹈
酥软或坚挺
弯曲或笔直

可尝过千万遍又如何？
高低不平的味蕾
从未将颤抖的灵魂抓牢
流入心头的，只是
解我饥渴的那一瞬间
那一场倾泻而下

2017.04.15

燃香之后

面对纤细的
正燃烧着自己的一炷香
我,凝视缄默

看它一截一截熔成烟灰
不再支撑得住
生命的轻
看它一点一点掉落下来
以另一种方式
将自己堆起

不再是细长高傲的模样
不再带给世界光明和温暖

它变得无力而卑微
它仰望着依然立得挺直
但正逐渐缩短的身躯
……

然而,余烬中
还焖炖着一些滚烫的念头
很久很久,未有冷却
并逐渐地围拢成
另一种模样
像极,我的心脏

2017.04.22

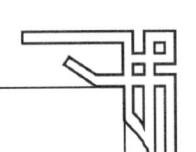

郁　金

关于郁金的传说
从来不是遥远
虽然
涉过重洋，渡过千帆
虽然
静傲脱俗

许是春意过于盎然了
缤纷的她们，点起热情
将花瓣打开
再打开
直到向阳光敞露株芯

嫣然一笑也好
颔首缄默也罢
怒放吧！
姹紫嫣红里包裹的生命力
怎可负了春色

2017.04.23

粘连的键盘

久不触碰的琴键
在一个阳光斑驳的假日上午
又被提起

指腹经过处
因陌生而干涩的黑白键盘
不再随意跃动
一些轻重缓急，一些沉吟高弦
不再托起心事

身旁静卧着的萨摩犬
却用它天使般笑容告诉我
那一曲《绿袖子》
那 81 个粘连的键盘
它懂

2017.04.29

红烛泪

踏进一座从来未知的寺庙
陌生的地方
熟悉的佛、香和梵音

当她如往常一样虔诚地跪下来
默念梵号,许下心愿
忽然发现这个自己
太过熟悉又太过陌生

一直相信
心的透明玲珑,将心门的枢祥
打磨得从不生锈或者卡顿
不曾怀疑
世间一切穿过其间时的
自由

可在默许心愿后
香烛,一滴滴淌下了红色的泪

烫红了
她忘记移开的目光

终于明白
有些情拿起来，就再也
没有放下
有些人走进来，就再也
没有离开

2017.04.29

箭　竹

本就是一支竹
默默破土在春回山林的那一瞬
纤羸，似不禁风
却志在长成苍劲，触摸贯穿长空的虹

很长一段时间里
往上，再往上
被确认为是与生俱来的唯一使命
直到落满地的青叶
被你经过时卷起的那一天

一串回音
在本以为空空的体内响起
有一颗心，居然无声无息地隐匿着

看着已然笔直而又茁壮的身躯
忽然明白，指向苍天的同时
更为被截取成另一种模样
一根手杖
扶稳你的步履

2017.05.31

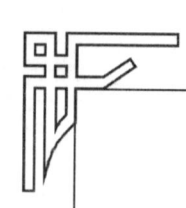

盖碗茶

将一些沸腾的热，盖起来
让她升华成水珠
再以晶莹剔透的模样
滴落下去

瞬间闷炖里
蜷缩的大叶渐伸渐展
久藏于脉络深处的甘醇
尽情，释放出来

再见她时
她依然清澈，依然滚烫
只多了些许颜色，和
久久滞于唇齿的味道

2017.06.09

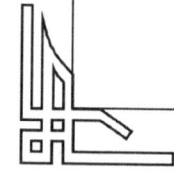

毕业季

又到了挥手说再见的季节
天气是善解人意的
就像你们一样,相视时灿烂地大笑
又在转身的瞬间,溅弹热泪

祝福和希冀也是丰盈的
就像紧随而来的感动与不舍
慢慢地,满满地
溢出来

然而到了明天
这些又会和无数个昨天一样
无情地被翻掀过去

幸好,镜头和纸笔能被用来停留
可在无数次快门之后
心头徘徊了许久,落笔下来的
却是那句丝毫没有新意的——
记得,要常回来看看

2017.06.27

夏日行宫

不太遥远的古代
帝王的夏日行宫里
我，爬上爬下

今日小暑

太阳很合时宜地在此刻
将我额头上的汗水
催赶到了眼里

翻过了山
是水
来来往往的
是看古迹的今人

山山水水
远远近近

2017.07.07

目　光

一片小舟
就从开满荷花的水塘里
倏地流淌而来

撕开平静的水面
撕开耀眼阳光下的碧绿
轻缓而霸道地扯住了
我正一目转千叶的目光

它为此停留,为此呆板
随小舟前进或拐弯
随小舟驶离荷塘

为此,狭隘了很久

2017.07.07

寒　窗

沿着村头瘦瘦的河流
驶向皇城
这一去，便是以十年打底为期

竹简上原本生涩的横竖折勾
被巨涛抚得光滑发亮
以其为舵，亦为星
在一个又一个漆黑的夜晚
涉过险滩、波澜
且不偏离航向

为一举及第
更为黎民社稷

2017.07.09

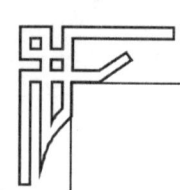

旧 伤

世纪外的一把火
把重重九霄熏成浓墨

我站在残垣之内
面对无法拾捡的碎屑
和一柄长满乌锈的长剑

看到了

凌跨于高头战马上的你的笑
和一副惨白的手套

2017.07.07

蝉　鸣

忽然羡慕起蝉的喋喋不休
羡慕它的勇气
——由朝至夕向世界抖落心事

而我
很多话在心头翻了又翻
无数次冲到喉头
却被唇齿挡回来

只能，故作沉默

2017.07.17

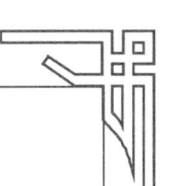

闲　聊

她说
黎明总在黄昏之后抵达，她说
落日可以画成朝阳，她说
潮汐的起伏与花期有关

她说
海太深
时光太浅

2017.08.01

新　生

一片树叶
从落入河水的那一刻起
便开始学习，用另一种方式
打开自己

沿脉络生长的青春和老去的皱纹
浸湿在苍莽里
愿从此尽情舒展

愿河水缓缓流淌

2017.08.08

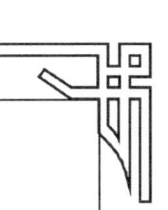

收　割

此刻的月
是细细弯弯的镰刀
被夜高高举起又放下
用锋利的刃
一刀一刀收割着
皎洁世界里
正满地疯长的野草

2017.08.28

木　椅

一张空空的木椅
茕立于夏末并不浓烈的阳光之下
善解人意的风，在
又一次路过时
依然选择温和的笑，而不语

她看到过木椅各种样子
被依靠的，被争宠的
被悉心擦拭的
当然，也有被践踏的
被莫名撒气的

看木椅
承受所有褒义或者贬义的对待
却向来纹丝不动

只是静静地守着目光能投射到的
也或许是心脏能触及的

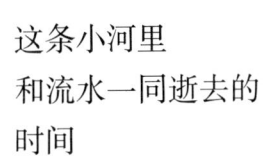

这条小河里
和流水一同逝去的
时间

2017.08.31

别　针

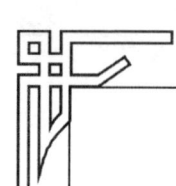

绿叶泛黄的时候
一些相关或者不相关的颜色
总会窜进相机，寻求定格
定格成画

而我，喜欢用最寻常的别针
把它们别在窗外
一条被思念牵绊的草绳上

风过
微微颤动

2017.09.05

星　光

长夜星光。立于书架的四本旧书
恰好被捕获了
而恰好立于睡眠外的我
心头的丝丝缕缕
被它一点一点抽出来
洒落在稿纸上

然而闪烁的星光，终究
无法完整表达
夜的娇羞、桀骜
深沉和长情
那些因遥远因朦胧
而失韵失色的美

那么，床头的灯光
或许可以看作另一种星光
伴随清轻纸笔
虔潜入夜

2017.09.08

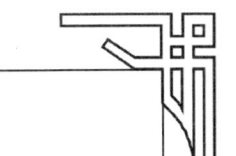

螳螂日记

举手间，有些涩涩
许是诧异于，秋风
将高悬的树叶片片浸染了
红的，黄的，绿的
或深或浅
而后铺展成厚厚的地毯
踏上去的温度，不冷不热

蜷起长臂
挡住因欢喜而来的诧异
别让秋风看到了

2017.10.28

一个清晨

一朵微醺的阳光
就绽开在这个清晨
共同绽开的,还有一片浪花
那是你投在我脑海的
望我时的目光

初冬的列车,飞驰的风
沿途的稻田河流的颜色是陌生
却又熟悉不过的

即将抵达的站台,和
立在那里的人儿

愈近,愈念

2017.11.24

茶　语

——大红袍

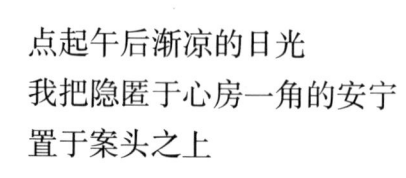

点起午后渐凉的日光
我把隐匿于心房一角的安宁
置于案头之上

看绿色衬起的殷红色的袍
在滚烫沸水冲淋下
淌出一抹金黄的汤
随之燃起的雾，氤氲了
屋子里或动或静的丝丝缕缕

一棵深深扎根于陡峭崖壁间的枞
一壶百般淬炼、解人疾渴的茗

2017.11.27

凉 了

叶子变幻着各种颜色
来赞美这个季节
这个适合抒情的季节

而阳光却愈渐凉了
凉过风
凉过正写着诗行的
我的手指

2017.12.04

石 头

一双翅膀，一片祥云
从一匹似羊似兔的神兽身上
绽放开来

千百年来，见证一个民族
兴盛又衰败，屈辱又荣光
一些苦难
在渗入骨髓的时候
遇见了与生俱来的淳朴和坚强
几经交融之后，衍化成
不屈和奋勇，烙印
烙印在血液里，生生不息

一匹神兽立在一块玉石上
带着这个民族的虔诚
也带着我六年来的温度

2018.01.17

八音盒

木质的音乐盒
发条转过一圈又一圈
几枚音符开始飘散
开始枝枝节节漫延

雪花纷飞过后
薄薄的白,在屋顶懒散地聚积
顺檐而下的水珠
点点滴滴诉说着
关于在寒里诞生的暖

今夜,没有月光
今夜,雨夜

2018.01.27

蜜　蜡

千万年前
沿着树干淌落的一滴泪
被封印在土壤之下
隔绝空气、阳光和风霜雨雪
用沉默和卑微的模样
远离所有荣耀和屈辱
定格

定格，只为等待
千万轮回后的某一天

某一天
它经由一双手又见阳光
那一刻
它温润而轻缓
那一刻
它仍是一颗泪滴的模样
却润开了两颗干涸

2018.02.13

日光宝盒

采来几缕朝阳
放进盒子里
再打开时
一百零八颗崖柏飘散的淡香
浸满了日光的味道

一圈,两圈,三圈
盘绕在手腕上
随着清晰的脉搏
一起跳动

你说,至尊宝的月光太冷
紫霞的一滴泪太长
而你的宝盒,要待到又圆又亮
且又温暖的日光时
开启

2018.02.15

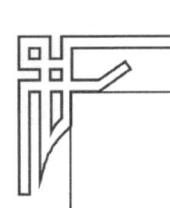

垂丝海棠

想起你的时候
河边的垂丝海棠开得正好
看她迎风轻舞,看她低眉颔首
看她将自己一缕一缕挤进春色

多年以来
我仰慕她的谦谨,她的娇嫩
仰慕她温润如潺潺细流的暗香

而今,却又生出了一丝疼
在瞧见被风雨打落的花瓣之后

我依然近近而轻轻
将此些摄于画里
不撷,亦不扰

2018.03.30

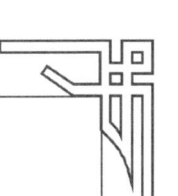

香樟叶

她以碧绿碧绿的样子
走过最寒冷的季节
却在渐行渐暖的风里
用火红的心,将自己烫红

春天真正来临的时候
她已红得彻底
她选择落到泥土里
点缀一地鲜绿
化尘或化土

此后
树更高
绿更浓

2018.04.04

啄木鸟和香樟树

香樟树老了
当啄木鸟再次飞抵的时候
它迅速而轻轻,扣开长满皱纹的树干

多年来
它从烈日阴翳里穿过
从风霜雨雪里穿过
看香樟树的叶
绿了又红,红了又落
看香樟树的根
扎入泥土,很深很深

它一直都在
它从没打扰

而这一刻停留
为皱纹,因岁月
为斑纹,因虫蛀

不论为何
香樟树都是最美丽的样子

它是一只啄木鸟
它想久久停留
它想它的快乐是
香樟树的快乐都与它有关

2018.05.01

紫砂壶

看一抔最为寻常的土
将自己投入烈火
用熊熊燃烧来历经一场脱胎换骨

当疼痛抵达麻木继而坦然面对时
紫砂的紫，朱砂的红
便从骨缝渗透出来
沿丝丝缕缕染遍全身
随之淬炼而成的
还有铮铮硬骨和闪耀夺目的芒

一轮沸水，浇醒一盏香茗
盛开在这只壶里
它仍是一抔最为寻常的土
守护茶，很久很久

2018.05.08

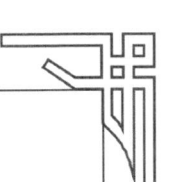

读 史

列队在书页上的一排又一排文字
是绽开在历史长河里的一朵又一朵浪花
云涌时，呐喊奔腾
风平时，静如琉璃

我徘徊于不远的岸堤
读你何止千遍

可无论波澜壮阔
抑或惊心动魄
翻过去后
仅留下一声喟叹

2018.05.14

月见草

虽然名为一株草
却在初夏，开成如红唇般明媚的花
娇艳欲滴

粉蝶静静栖息于上
将轮回里的承诺
从十字花心，沿脉络打开
一瓣又一瓣

然而
花开花落、蝶翅轻扬
花瓣选择将粉蝶紧拥入怀的姿势
来替代凋零
来定格又一轮生死

月光下
谁见犹怜
一寸草，一寸天堂

2018.06.05

薰衣草

群立平原之上，以整片的紫
向世界展现浪漫
我拾步缓行于紫的缝隙
暗香正随风跑着
跑向远处的炊烟
跑向正下落的夕阳

当花海将这一切倒映在脑海
波澜、风浪忽然变得温文尔雅
我也忽然明白
谦和，便是
最浪漫的模样

2018.06.16

母亲的绣品

一针一线
一块补丁，一幅画

母亲把青春绣在里面
把炊烟绣在里面
把日月、山川和花海
绣在里面

小时候是穿在我身上的新衣裳
或旧衣裳上头的补丁
如今是挂在我新墙上的十字绣
或背包上头的丝带绣

大家都说母亲的女红活儿特别好

只有我知道
绣线是脐带的模样
连着她和她的女儿

2018.06.26

夏日的树叶

一片叶子吹落案头
模糊了落笔不久的宣纸
愤恼,在目光里倏然生长
继而衍化成委屈
在晕开的阡陌中漫延

不尽的风
又将目光拉向窗外
些许落叶堆积着
然而高处和远处的树叶
正因繁茂而哗哗作响
它们成排成片、绿意盎然

瞧
这终究是个值得赞美的季节

2018.07.23

秋色愈发深重

我愈发
不爱看群消息
不爱打游戏
不爱淘宝

更爱坐在阳光下或月色里
读一本书
——譬如《瓦尔登湖》
和某人聊聊读后感
或者挑选一些好看又合适的方块字
塞进平平仄仄
用来感恩、怀念和赞美
……

这是个抒情的季节

2018.10.30

和 AI 有关

又一扇门矗立在不远处
从信息迈向人工智能
一些脑力或体力的劳作
机械或千篇一律的
被吞下大数据的机器取代
洗衣、做饭、采摘果子
开车、理财、诊断疾病
或者作诗填词谱曲

我们似乎变得空闲
而这些时光
会被安放于交流情感
讲讲有关生死或爱恨情仇的故事
侃侃八卦
再或写篇小说

我们会忙于研究一个重大课题
人类智能不被人工智能取代
然后问问苍天
谁，智能

2018.11.07

金山嘴渔村

最小的浪花被秋风拍碎了
海面清清如镜
将天空的蓝、岸边的金黄
照进妈祖的眼眸

竹编的鱼篓，草织的蓑衣
和老旧的蓝印布衣一块儿
被挂在墙上成为一幅画
用来纪念、称颂
和迎来送往

城里的最后一个渔村
不再寂寥

2018.10.27

蝴蝶兰

你把七彩阳光里的紫
滤出来,涂抹在身上
又把蝴蝶仙子的灵动
烙进骨髓,愈发长成她的模样

温室里的你太过美丽
不沾染一粒尘土

我经过的时候
风也经过
你忽然翩翩起舞

我忽然懂得了你的恬静
懂得了你
正坐在江南长长的雨季里
怀念、等待

2019.01.15

沈从文的凤凰

十万大山看了太久
见不到一条河一潭水
直到车开进凤凰
这儿有条比黄浦江窄许多的河
它的名字叫沱江

它有许多许多的故事
关于战争
关于爱情

望着河水
想起这片土地孕育的文豪
以及他写给三三的信
——我就在这儿一边看水,一边想你

2019.05.14

柯岩所见的和其他

（一）

一坛老酒
开启、打捞、温炖
看微沸中升腾起一片白茫茫
似近又远、伸手可及又未可及
而它的香已熨入鼻咽
熨入身体
熨入整条街、整座岛

这便是自古越
窖藏而来的醇
此刻，已同小船突突的马达声一起
投入鉴湖

（二）

古老的鉴湖，也许已记不清
载起过多少人
从扁舟到画舫
从乌篷船到游艇

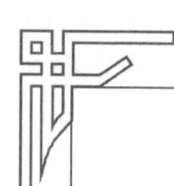

历史故事的更迭,正如
空中变幻不歇的云
统统被碧波如镜般的鉴湖
纳入心底

长桥、石亭,以及小草和大树
被斜阳拉长的身影
在螺旋桨撞开波涛的时候
也撞开了云的心事

(三)

茴香豆爆裂的声音
梅干菜和臭豆腐的香
从来也是鲁镇故事里的主角
就如街口喊着"阿毛"的老太太
和说要革命到底的阿Q

至于高声讨论着"偷"和"窃"的老夫子
讨论着人血馒头的"老栓"和"小栓"
这些深藏在俗世纷扰中的
无奈和彷徨
继而迸发的不屈和呐喊
一直烙刻在长衫青衣的辞藻里

而这个浸满辞藻
青砖红瓦上长满绿苔的地方，叫
故乡

（四）

诗词曲赋、玉茶禅香
会稽山顶燃起的一炷香
将累年修行的巨块岩石
雕琢成了佛陀的模样

在炯然而慈悲的目光里
一片云、一个故事
一坛酒、一座古城
都化作长卷中的一粒尘埃

风月、你我
千年、万载
有关或者无关
其实都一样

这儿离天庭很近
离人间更近

2019.08.25

月浦地的玄黄龙血

——在月浦攻坚战纪念碑前

（1949年5月13日凌晨，解放上海战役在月浦打响第一枪。作为解放上海的重要实物见证，2002年5月，宝山区月浦镇人民政府在月浦公园修建了上海战役月浦攻坚战纪念碑。纪念碑坐北朝南，碑高5.15米，标志着月浦镇于5月15日解放。纪念碑连花坛总高5.27米，象征着5月27日上海胜利解放。——题记）

一块雕琢成坚毅和奋勇的石头
一座赤褐色的丰碑
多年来，安静地伫立在这片土地
不知烫红了多少
追随而来的目光

那一年
忽如的一串巨响

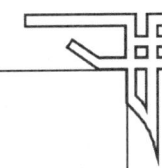

炸开了吴淞口的黎明
炸开了这片土地的芦草、哀鸿和村落

深藏在钢铁之躯里的不屈
又被点燃,开始枝枝节节蔓延

面对海陆共进的猛烈火力
面对坚如磐石的无数堡垒
一批又一批战士
苦战、激战、鏖战
他们把愤怒咽成了勇气
他们把鲜血流成了河,把硬骨堆成了丘

碎尸轻卧沙场,又何妨?
后继者纵然趟着血河、踩着骨丘
也要把红旗和钢枪高举着
插入敌方的脉门
……

这里,便是月浦!
70年前
承载和见证
这场攻坚苦战的土地

两天两夜
黑夜和白昼一样通明
皓月星辰同太阳一样殷红

二千名英烈,就在这里
用传承五千年的玄黄龙血
雕琢、筑灌

这块石头这座碑
安静地伫立在这片土地
不仅可供后人擦拭、祭拜
……

2019.09.15

新陋室

我们弃船而去了
去寻刘禹锡的陋室
铺满苔痕的石阶
以及千百年来
或弹或沏或吟的琴茶诗铭

四人成局的扑克
车马炮兵整装的棋盘
在翠竹环绕里拼杀
兴奋或者懊恼时
顺手端起又喝下的一口淡茶
把这个时代的生动，咽进历史

至于来来往往的鸿儒
都装扮上了墨镜帽子、牛仔T恤
自然没有"白丁"
这个称谓早就如东边小河里的淤沙
留在了很久以前

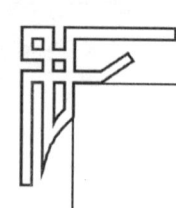

屋顶仍是草堆砌的
但立在方塔园里的它
不仅能用来躲避烈日
更能用来挡遮风雨

2019.10.13

珊瑚石

亿万年的时光
把有关珊瑚的故事
海洋里的纷争和爱情
打磨成一块块石头
圆的、方的、任意形状的

它们被生动的花纹浸透着
一片盛开的菊花
一丛绵延的蕾丝
一段桀骜的龙脊
卷曲或放射
诸多与美好有关的模样
在此处驻足

调皮的太阳
把自己打翻在人间三月
也打翻在它们身上
黄的、红的、青的、蓝的

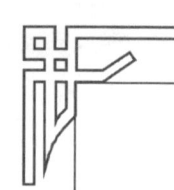

圣洁的水晶
也来故意招惹
绽开在深暗的海底
绽开在它们身上
就如黑夜中的繁星点点

亿万年来
一个又一个美丽的传说
化为一块又一块与众不同的石头
而此刻
看它们安静地站在那里
站成了一个大课题
——
有关生命
有关瞬间和永恒

2020.03.05

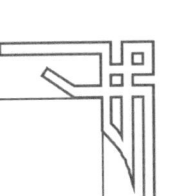

星月菩提

一个大圆点
宛在正中央
身旁,一粒又一粒
深色的小圆点
紧紧环绕
她们,坐拥着乳白色的大地

用浸满祝福的文字
把她们串起来
去到腕部
感受脉搏的跳动和温暖的体温

把她们串起来
串成浩渺星空的模样
明镜的月
繁星点点
诉说着太阳、湖泊和草地的故事
诉说着黄藤

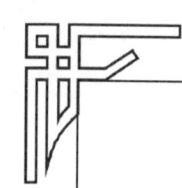

过去、现在和未来的故事

把她们串起来
她们很长很长
盘成一个圆

2020.06.13

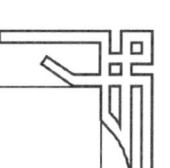

熬 粥

突如的一阵风
抖动了灶炉的火苗
熬着的粥也跟着躁动
失控地往锅外跑

调整火候
调整门和窗的角度
拭去漫溢
等待粥面逐渐平静
继续熬

熬着熬着
粟米的外壳化了
露出愈发柔软的心
稠,且韧

2020.06.27

昙　花

你孤独地
将自己打开，在
一个深黑的夜里

幽幽的香，纯纯的白
不想惊动任何人
任何树叶和小虫

窖藏一整年的力量、勇气
正沿着脉络
一点一滴浸润
深入、彻骨
继而描画出
生命最美丽的模样

怒放吧
短暂抑或素淡
哪怕

在下一个黎明破晓之时
悄然离去

我已然用相机
将所有留住了

也用眼睛
也用心

2020.08.19

杏花村(外二首)

说她是酒村
不错,这一座村落
就是一壶老酒
从南北朝
从李唐盛世
陈酿至今

白丁或者墨客
所有经过这里的人们
仰脖豪饮之后
诸多凄美或伤感
便从心里掏出来

有关离别、相思、赞叹和豁然的词汇
串成了一首首诗词
将人间琐碎
停留在
这条历史长河中

自然,还有一些春花
开到荼蘼时
也被氤氲整个村庄的酒香
醉倒
比如这棵杏树

杏花村
当年,牧童远远指向的村落
而今,青春愈发洋溢的村落

月饮汾酒

掀开老酒
将一坛旧的记忆打捞

千百年来
这方土地上的高粱、大麦
被一汪清泉浇灌着
从幼小长成累硕
从羸弱长成丰腴

迎着太阳和风霜雨雪
将深埋于晋中的赤诚和挚爱
收割、发酵、蒸馏
将烙刻于骨髓里的精华
淬炼成酿

将你
替我斟满的这一杯
举起来

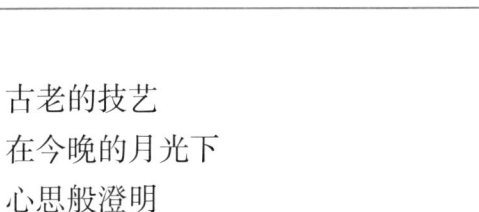

古老的技艺
在今晚的月光下
心思般澄明

举起来
置入咽喉

那一刻
吞下的豪情
开朗了整个世界

竹叶青

从青囊中
精心挑选一些精灵
添入明净的玉露
他们说,可供用来
疗愈

多年来
在红尘中沾染的
劳顿、伤痛、气恼
阴郁成症结
让天地灰暗
让河流瘀滞

幸而
某些怀揣仁心仁术
自古老华夏走到如今的
大医妙手
心生怜惜

将千年的智慧
洒落在这方土地上
如繁星点点

他们将坚定和包容
涂成金黄和青碧
赠予这方土地
以及这方土地孕育的人和万物

这便是竹叶青
是药,亦是酒
青青的
清清的
轻轻的

2020.06.18

雨里花开

不知天上雨花
今又为何绽放人间
只道细步经过处
一朵一朵,溅湿步履

径旁百花
此般光景里颔首绰绰
个中凉意,透了衣襟
只待细步渐近时
问一句
此花彼花
可否解得,寥寥心语

2020.06.22

雨 点

也许,雨点知道我徘徊的思绪
淅淅沥沥地
弹响在静谧的深夜

这是浸透在青春里的旋律
弹罢一曲,又是一曲
绵绵不休地诉说着
灵魂张扬时,惊起的
美丽抑或忧伤

因为漆黑而厚重的夜
就这样被渗透了

而我,还想轻轻地问一句
温婉的雨点呵
此刻
能否伴我入眠

2020.06.22

鲁　鲁

（一）

它们是流浪犬
一黄二黑
一黄黑相间
或挚亲或表亲
它们叫"鲁鲁"
不分彼此
我们常在午饭后散步的时候相遇

一幢临时修建的工房
竖立在一片沿河的草坪上
绿绿的草坪，灰灰的房
是它们用来躲避一切负能量的"家"

（二）

刚遇见时
它们的吠声响彻青河两岸

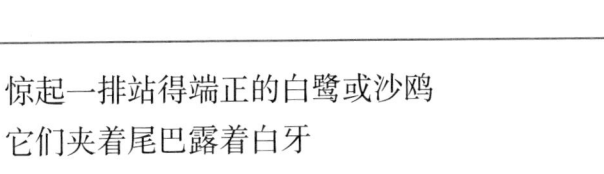

惊起一排站得端正的白鹭或沙鸥
它们夹着尾巴露着白牙
不许我靠近

我的午饭经常剩余一些饭菜
"光盘"是好习惯
所以我把剩余装进了袋子
然后带着袋子来讨好它们

慢慢的，吠声小了
不再像鸟儿们起飞的集结令
慢慢的，尾巴不再夹成一支笔
开始小心地上扬并晃动
慢慢的，靠近过来
靠近食物
靠近我

（三）

一天又一天
它们解决我的剩余
它们成为我散步途中的停顿
它们对我声带振动时发出的"鲁鲁"愈发习惯

然而，当剩余不再剩余时
它们晃晃瘦瘦的臀、摇摇细细的尾巴
它们用这方式与我告别
它们对我声带振动时发出的"鲁鲁"置若罔闻

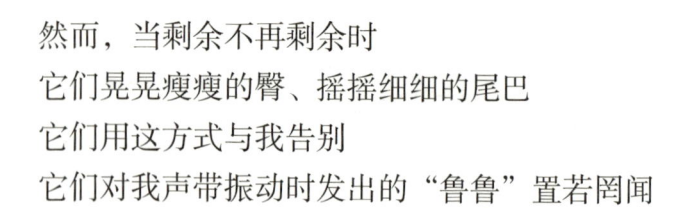

"良心被狗吃了"
可它们本来就是狗
它们是流浪狗
也许受过伤，身体或心理

直到有一天
在我拐过一个弯时
看到它们正伸头遥望
遥望食物
也许也遥望我

（四）

太阳爬到了一年的最高处
我们开始流行起垃圾分类和节能环保
我把每顿饭都吃完
我的食盒里不再有剩余

我依然每天午饭后去散步

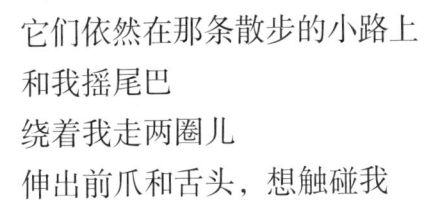

它们依然在那条散步的小路上
和我摇尾巴
绕着我走两圈儿
伸出前爪和舌头,想触碰我

我们在对视的目光中读着阴晴冷暖
读着世间万物

(五)

一天又一天
不论酷热、不论大雨
再过些日子会是严寒和大风
我空手而去
仅为与它们打招呼
它们翘首在转角
仅为与我打招呼

它们仍是流浪犬
它们的名字叫"鲁鲁"
它们一黄二黑
一黄黑相间
不分彼此

2019.07.31

鲁鲁（二）

（一）

鲁鲁成为一条黑狗专用的名字
另有二黄、小黄、卷毛
和卷毛在圣诞节诞下的大妞
和二妞

我的午饭依然会有剩余
骨头、汤汁和米饭
我依然在饭后散步的绿道
与它们遇见

每次拐弯
不知是看到、听到还是嗅到
它们会从老远处冲我跑来
忽视我戴着的口罩
鲁鲁总是冲在第一

(二)

鲁鲁样样都想争第一
第一个做母亲
第一个丢孩子
第一个把毛色养得铮亮
把胸口的一片白养成绅士的围巾
第一个用我喜欢的方式
表达它对我的欢喜

吃完剩余后
第一个跟在我后头
陪我走完长长的散步路
这道风景
常让它的同伴、我的同伴
流露羡慕

(三)

从寒冬的清冽冷峻
走到初春的细雨婆娑
走到暮春的绿意盎然
小路上的阳光、温度
和人流一样

越来越多了

鲁鲁不再跟我走长长的路
只是在每个午后咽下我带去的剩余
它也许不饿
但就同
冲我跑来
冲我摇尾巴一样
把剩余变得颗粒不剩

然后
它抬头看我,我俯身看它
我们已习惯
在彼此的目光中读世间万物

(四)

终于有一天
在拐弯处
鲁鲁又看到了我
和曾经结伴同行的小姐姐

它依然晃着屁股远远跑来
我以为它依然跑向我

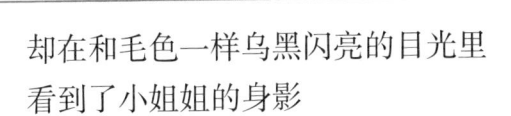

却在和毛色一样乌黑闪亮的目光里
看到了小姐姐的身影

它急扑、几乎跳起来
它转圈、喘息和呼吸一样兴奋
它扭着屁股、哼哼唧唧

在她蹲下身
迎向它的目光时
它的目光里分明闪动出一些湿润润
它把脑袋稳稳搁在她伸出的掌心里
它伸出舌头、呜呜咽咽
……

(五)

原来
三个半月、削男生头
奔赴武汉、历经生死
它依然记得她最清晰的模样

鲁鲁仍然是条
有个歇脚地方的流浪犬
和它的同伴一起

吃着很多好心人的剩余

我不知道
它是否也懂恍若隔世
但我知道
它此刻的感恩和思念
和它乌黑发亮的毛色
一样
深

我还知道
天使在人间

2020.04.29

鲁鲁（三）

（一）

时钟太过无情
转过又一圈之后
在我乌黑的头发里
抹上几缕洁白

鲁鲁也受到一样的待遇
且白得更鲜亮
在午后跳跃的阳光下
很轻易就能抓住我的目光

她和卷毛
轮流着不间断地当妈妈
轮流着不间断地丢孩子
轮流着不间断地
跟着我走长长的散步路

（二）

庚子年初的冷清
或许已被鲁鲁忘却
它或许知道，或许不知道
这段曾被人间日夜捧读
日夜泪雨
因恐惧或因感恩的日子

在庚子年触及尾端时
已被覆盖了一层又一层
从未间断的人间熙攘

而那时的情绪，那时的百感交集
居然要去记忆的海洋
层层剥开
搜寻，且不再清晰

很久了吗？是的
一年了
对于人世间
"旧事重提"
不是善意的词汇

（三）

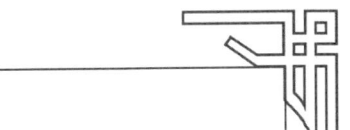

鲁鲁依然乌黑的眸子
和我四目相对的时候
愈发多的故事
在我们的沉默里荡漾
我知道，它懂
它知道，我懂

它依然会在一发现我的时候
摇尾巴扭屁股
冲我飞奔而来

它依然会在下雨的时候
离开棚檐
陪着打伞的我散步
淋成落水狗的样子

它依然
不在乎我很久没出现
不在乎我两手空空

鲁鲁的世界里
时钟似乎转得飞快

似乎又静止
同人间亲密无隙
却很不一样

（四）

鲁鲁依然是流浪狗
卷毛、大妞、二妞
二黄、小黄、小瘦
是渐渐庞大的家族成员

鲁鲁住在桥洞下
有好心人搁置的棉垫、食物
还有哈啰和青桔单车
并排站在桥洞边
挡风遮雨

鲁鲁每回都咧着嘴吐着舌头
告诉我
它很快乐

2021.01.05

笨笨和淘淘

（一）

叽叽歪歪的闹声
就像闹铃
把人从梦里拽回现实
是笨笨和淘淘在聊天

呼啸的寒风
拉高了分贝
但只能做它们的聊天配乐
它们的快乐和勇敢
被凛冽烘托着

（二）

笨笨和淘淘是牡丹鹦鹉
暮春花儿斗艳时
来到我家

而今
笨笨，男，6个月
淘淘，女，8个月
它们从两小无猜
到花前月下
到小窝孵蛋
饮食、洗澡、咬木杆
睡觉、聊天、荡秋千
始终腻腻歪歪

上个月的四个蛋
终究没有变成宝宝
它们太过年轻
但这并不影响它们相爱

(三)

世界上有太多新鲜事、紧要事
淘淘总是冲锋在前
好奇的样子或者凶巴巴的样子
笨笨总是慢一步
腼腆地跟着
做出相同的模样

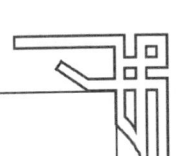

隔着铁丝
它们是家里最英勇的
小霸王

（四）

它们的美貌
大多源于缤纷的毛色
灰、蓝、白、橙、黄
被它们平分

生殖隔离
是上帝对于地球物种
最大的仁爱

我开始思考
宝宝的毛色
或者和笨笨一致
或者和淘淘一致

这将会是我和爸妈
在整个冬季里
温暖的期待

（五）

人间
依然发酵着
自去年延续的疫情和纷争
喧嚣熙攘
是永远的主题

而这一切
与笨笨和淘淘无关
它们是小鸟
虽然依人
却简单、快乐、和平

2021.1.9

蓝天的蓝

——脱贫小记

蜿蜒的山路
层层叠叠向上盘旋
将这片土地,托举到
伸手便可触摸蓝天

蓝天的蓝、白云的白
是梦里最纯净的颜色
然而,却被脚下的贫瘠
打碎

沟壑、峭壁、隔绝
走石、风沙、干涸
数万年来
捆绑住了所有人的躯壳
不甘而无奈的灵魂
该向何处祷告?

然而,读你千万遍后

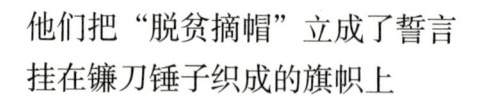

他们把"脱贫摘帽"立成了誓言
挂在镰刀锤子织成的旗帜上

修路
炸开大山、填平沟壑
植树
开垦绿植、豪挖沟渠
学习
普及教育、扫除文弱
拉网
与世界仅鼠标和键盘的距离
……

老人和孩童的笑脸
倒映在河塘、在大山
倒映在排列整齐的农家大院和果树上

天空的蓝、白云的白
现在又涂上了，脚下的绿
和满山的红
梦里最纯净的颜色，添上了暖
五彩缤纷

2021.03.05

播　种

若非
雨点儿知道此时恰要播种
在一场淋漓之后
把灰灰的云，也一并带走了

湛蓝的背景
将太阳打翻的五彩画
调高了亮度
也调亮了
绽放在你眼角的笑容

一锹土，一株苗
一丛丝缕交织的根
深深扎下去
待星星点点的绿或红
举目向天
成行、成片
站成盎然

2021.03.24

柳　絮

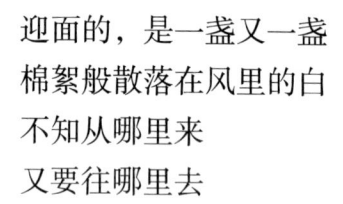

迎面的，是一盏又一盏
棉絮般散落在风里的白
不知从哪里来
又要往哪里去

她们经过绿地、山川、河流
和排列整齐的木椅
只要风接着吹
她们便去往更远

曾有诗人说
"人间四月最美"
桃花含杏，樱花含李
郁金、油菜、薰衣草
花田交错中
一盏一盏的白，被风追着跑过
湛蓝打底的五彩油画
倏地，动了

2021.04.06

滨　江

她们说
江的两岸，贯通了大堤
从南到北，从北到南
就像贯通了
从人海到花海的路

喧嚣闹市里
藏着多少触摸长虹的心

我在某个阳光活泼的春日
走进这幅油画
用脚步欣赏了17公里

这里依然是钢筋水泥堆砌成的大都市
而今，多了更多生命

2021.04.06

太阳日记

万物向阳的日子
照见了各处角落
小草萌芽，大树将倾
依偎共存，弱肉强食
欣喜的同时
忧伤，也愈发承载不住

她拉过一片洁白的云
来挡住眼睛
时间长了
云朵变得灰灰的
变得沉甸甸

"用久了，要洗洗，再拧干
它又是块新手帕"
记得小时候，母亲和她说的话

是的
当她再次照见万物时
云，是洁白的

2021.04.12

跋

自我的第一部诗集《盎然》出版至今,已过去了四年。

在这四年里,我依然习惯于将日常所见所思,寄付于文字。于是又有了《言鹿集》,我的第二部诗集,分上下两册,分别为格律诗词和现代诗。

下册中的第二部分"医文相依",延续了《盎然》中确立的用诗歌形式来写"医",包括读写"医药学"名词、对医务人员、医务工作的歌颂思考等。当年是尝试,而今也不成熟,但我想一直坚持下去。如果能用诗歌以及别的文学样式,使医学更有温度,更贴合情感,为医患之间增加一些对于彼此的理解,哪怕微不足道,我想,这便是行业写作的意义所在了。

去年抗击新冠肺炎疫情期间,我用纪实文学、诗歌诗词的形式,参与记录下了身边同事们的事迹——援鄂、发热门诊、医学、科研、教学、管理等各条线医务人员的点滴日常工作生活及精神面貌,并陆续见诸报刊杂志等。怀着百感交集的心情写下那些文字的过程,是从未有过的写作体验,如今想来是我的荣幸,更

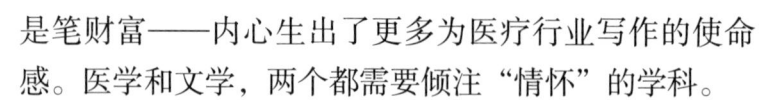

是笔财富——内心生出了更多为医疗行业写作的使命感。医学和文学，两个都需要倾注"情怀"的学科。

另外，值得一提的是，我先后用现代诗、格律词、五绝和七绝，共四种形式，将二十四节气写全了，完整地在《言鹿集》中呈现。传统节气不仅有民俗有养生，也有诗意，她们合起来，便是中华民族的文化和智慧。

几年中，尤为感谢我的家人师长及朋友同事们的支持鼓励，使我将一些想法变成现实。

诗集付梓之际，恰逢建党百年之时，愿不忘写作初心，谦谨勤勉，不断进步。

许丽莉

2021.04.28